청어詩人選 252

봄비 4

조찬구 시집

봄비 내린다
산다화 위로 모란 새 촉으로
무궁화 정결한 맵시 속으로

도서출판
청어

봄비 4

—

조찬구 시집

시인의 말

황선하 시인은 평생 살아있는 동안

한 권의 시집이면 족하다고 말했고, 실천했다.

자르고 깎고 다듬고 쪼아 좋은 작품 선별하여

발표해야 한다는 뜻이다.

다작(多作)인 나는 『봄비 4』까지 포함하면 11권의 시집을

독자들 앞에 내놓은 셈이다.

이번 시집의 경우 출판조건이 좋아서 발간하게 되었다.

일차로 200편 가까이 뽑고 그 중에서 가려 100편을 뽑아

4부로 내게 되었다.

나름대로 가려 뽑느라 애를 먹었지만

이 작품들이 어떤 대접을 받을지 궁금하다.

작년 7월 중순부터 시인이지만

대하소설, 장편소설, 단편소설들을 꾸준히 읽고 있다.

자연히 접한 성경과 소설들에서 다수의 작품이 태어나게 되었다.

시와 소설, 문학을 꾸준히 사랑하는 소수의 독자들의 사랑을 받고 싶다.

하지만 작품은 작가의 손을 떠나면 독자들의 몫인 만큼

독자들의 애정 어린 지도 편달을 바랄 뿐이다.

차례

2부

3부

4부

1부

갈증

복숭아 먹고 빵 먹고
국수 삶아 먹고 캔커피 마시고 또 마셔도
유투브 듣고 듣고 또 들어도
텔레비전 사극 보고 또 보아도
담배 피우고 피우고 또 피워도
해소되지 않는 갈증
그래도 노래가 그 중 나을런가 적어보아도
다른 이들 이 작품 저 작품 읽어보아도
해소되지 않는 마음의 갈증
조금 자란 수염 만지작거리며
밤 열 시 시작하는 '가요무대' 생각해 보아도
긴 손발톱 짧게 말끔히 깎아도
다시 복숭아 하나 더 먹고
캔커피 하나 더 비워도
한 작품 더 빚어내어도
여전히 남아있는 마음의 갈증
배는 묵직하게 부르건만
깊은 한숨만 늘어가는 내면의 모습
튀어나온 배 더 튀어나오고

재발한 왼쪽 겨드랑이 습진
더욱더 근지럽고
쪼여오는 양말 양말자국
더욱더 선명해지고
은근히 쪼여오는 두통 이어지는
오후 여섯 시 반경
주제도 구성도 문체도 볼일 없이
자동기술법으로 무의식 퍼올려 봐도
신통찮은 소리 소리
대통령과 현 정권에 대한
신랄한 비판은 하지 못하고
바람소리 새 소리 귀뚜라미 소리 귀 기울이네

텔레비전에 대하여

요즈음 텔레비전 절친한 친구로 지내니
'엣지' 채널 '젊은이의 양지', '무인시대'
할 일 없으면 꼬박꼬박 챙겨보며 재미있게 시청하고
바둑 전문 채널도 시간 보내기에는 적절하며
'나는 자연인이다'도 챙겨보며
요즘 들어 잘 보진 않지만 '실제상황'도 좀 보긴 했으며
매일 삼시 세끼 챙겨먹듯
'젊은이의 양지'와 '무인시대' 챙겨보며
축구 올림픽대표팀 경기와 국가대표팀 경기
빠지지 않고 시청하고 있다
책 가까이 하여야 하는 줄 알면서도
깨끗한 컬러 이어지는 텔레비전
프로그램에게 시간 쏟으며
한 달여 이상 '말씀' 놓여만 있고
보내온 시집과 수필집도
책꽂이 한 칸
'월간문학'과 '대구문학' 함께 나란히 이어지는 상황
'남아수독오거서'라 하였는데
'남아수독칠팔시간 텔레비전 시청'으로

바뀌어지니
'멋진 감옥'에 스르르 빠져들어
'그 바보들은 더욱 바보가 되어 가는 건' 아닌지
염려하면서도
정신 바짝 차리고서
뉴스 비롯하여 드라마 −드라마는 드라마일 뿐임− 잊지 않네

이루지 못한 사랑

이루지 못한 사랑이
눈보라 속 남천 빠알간 열매로 애처롭다
환하게 웃던 모습
차표 두 장 끊어 같은 버스 타고 와서
다음 약속 없이 헤어졌던 그날
결혼한다며 직장 월중행사란 여백에
결혼식 날짜, 장소 써놓았으나
부모님 반대에 부딪혀
얻어먹은 술 다시 물어내고 지워버린
결혼식 날짜와 장소
어느 날 직장으로 찾아온 그녀 어머니
창원에 아파트 한 채 사줄 테이니
같이 살라 하는 권고 물리치고
여전히 근무에 열중했던 나날
대구 중심가에서 우연히 마주친
그녀 화사한 치맛자락
한 시간여 푹 쉬고 싶다던 그녀 말
알아듣지 못하고
다음 약속 없이 헤어진 그날 이후

잊고서 무심히 지낸 세월 35년여
그녀는 어디에서 누구와 살고 있을까
몸은 건강할까
어디에선가 나처럼 소리 없이 늙어가고 있을까
환히 웃던 그 모습
화사하던 그 치맛자락
여전히 그대로일까
이루지 못한 그녀와의 사랑이
눈보라 속 빠알간 남천 열매로 애처롭다

'용지못에서'*를 읽고

황선하 유고시집
'용지못에서'
앞표지 넘기니
'2006. 03. 23. 목
오하룡 선생님한테서 받음.'이라 쓰여 있고
뒤표지 앞 간지에는
'2006. 03. 30. 목. 일회통독 완.'이라고 쓰여 있네
입버릇처럼 '시인은 평생 한 권의
시집이면 족하다.' 한 말씀
다작하고 시집 여러 권 출간한 시인들
새겨 들어야 하리
살아계실 때 '이슬처럼(창작과 비평사)'
한 권
출판사 권유에 의해 출간했고
이승 마지막 마무리할 때까지
좋은 작품 빚어내어 철두철미
시인정신 실천했던 분
타계 후
훌륭한 유고시집 '용지못에서' 남겼네

*황선하, 2004, 도서출판 경남

모르고

삼, 사십 년 전에도
너를 몰랐고
지금도 너를 모르고
이십 년 후에도
너를 모를 것 같다
너, 난해 시들이여
'쉬운 시 쓰기 운동'에 뜻 같이 하며
일상어로 쉬운 시 쓰련다

억새길

노란 국화, 하얀 국화 피어나는 날
하늘은 파랗게 맑게 개였는데
늘어선 측백들 고요하고
모란 잎새 잎새 정결한데
어제 오늘 내일
그리움은 그리움으로 보듬어 안고
보고픔은 보고픔으로 그려보며
쌀쌀한 바람 부는 날
함께 거닐었던 목화길, 코스모스 길,
억새길 변함없이 싱그러운데
너 홀로 먼저 먼 길 떠나고
나는 오늘도 홀로 황금 들녘 바라보며
고요히 혼자서 그리움 능선 너머 띄워보네
노란국화, 흰 국화 피어나는 날
파랗고 맑게 갠 하늘 저 편 저 멀리

김요셉 교장 신부님

김요셉 교장 신부님
교장실에서 중요한 학교 일 살피고
사제관으로 발길 돌리셨네
'노인을 공경하라.'
'노인을 공경하라.'
침묵으로 실천하며 가르치네
대구 큰 병원 다녀온 뒤
텃밭 열심히 일구다
마산 중형병원에 입원했네
교감, 교장 될 욕심으로
뒷바라지 한다고 해보았지만
금경축 지낸 김요셉 교장 신부님
마음 얻지 못했네
하늘나라 좋은 곳 가신
김요셉 교장신부님
오늘도 내일도
침묵 실천으로 가르치고 계시네
'노인을 공경하라.'
오늘 지금 여기에서

선친 하신 말씀

선친 대구 적십자병원에
입원해 계실 때
어머님 말씀하시길,
의사가 '볼 사람 다 보라 하였다.' 하였는데
찾아뵈니 선친 말씀하시길
'점심 좀 바꿔오너라.' 하셨는데,
말씀 듣질 않자
'아버지, 소를 지붕 위에 올려라 하면,
사다리를 지붕에 걸쳐놓고,
소 올리는 시늉이라도 하는 거라.'
하셨던 말씀
이어 대구 보훈병원 입원하셔
이 년여 투병하실 때, 찾아뵈오니
'왔나. 뭘 억부로 할려 하지 마라.
집에 가서 쉬었다 가거라.' 하신 말씀 함께
타계하신 지 이십 년 세월 흐른
오늘 밤 자정 가까워 오는 시간
머리와 가슴 속
새록새록 새겨지고 있네

유 선생

지금은 모처에 살고 있음
미스 리의 영향으로 직장 초기부터
유 화가와 친하게 지냈음
지도교사 영향으로 국어과 교생
미술과 교생과 친하게 지냄
무슨 한 가지 일로
소원해지기 시작
그러나 마음은 여전히 이심전심(以心傳心)
먼저 정년퇴직한 서과장과 어울리기 시작
나와 유 선생 두 사람
명예퇴직 후 서로 연락 주고받고 있음
유 선생 심장 수술 후 '술 완전히 끊음!'
담배는 원래 피우지 않았음
'문재인 하야 천만인 서명 운동'에 열 올려
부산, 대구, 광화문 집회 등 뛰어다님
'그림 그려서는 돈 안 되니
그림은 취미생활로 하면 된다.' 함
내년은 또 어디로 이사 갈지 모르지만
지금은 모처에 살고 있는 유 화가

목욕 2

용암온천 남자 대목욕탕
곳곳 사우나실 갖가지 물속 들어가 있는 사람 사람들
머리, 겨드랑이, 사타구니, 양쪽 무릎 안쪽 비누칠하고
등어리엔 때밀이 수건으로 비누칠하고
샤워기 세찬 물줄기로 말끔히 씻어낸다
왼쪽 사타구니 따가우니 습진인가 보다
다들 때 부풀려 밀고 휴식 취하는 등 자유로이 움직인다
곳곳 사우나실과 탕 속 취향대로 사람 사람들 들어가 있다
수건으로 머리, 겨드랑이, 사타구니, 등어리, 배 등 물기 제거
하고
옷 갖춰 입고 대목욕탕 나선다
산뜻하고 상큼한 기분
하늘도 겹쳐진 능선 위 해맑게 개어있다

성묘

낙엽 한 잎 두 잎
떨어지는 시월 마지막 날
할머님 산소 앞
꽃 갈아 놓고 간단한 제수 차려놓고
온 마음 온 정성 다하여
'할머님 불효 둘째 손자 수많은 패륜 용서하시옵고,
하늘나라 좋은 곳에서
영원한 평화의 안식 누리시옵소서.'
재배 후 합장
내려오는 길 예닐곱 군데
구비 도는 길 천천히 내려오네
바람에 낙엽 우수수 날리는
시월 마지막 날에

성묘 2

온 산 울긋불긋 새 옷
갈아입는 시월 마지막 날
아들 산소 앞
꽃 갈아 놓고 간단한 제수 차려놓고
온 마음 온 정성 모아
'여림아, 못난 애비 수많은 패륜 용서하고,
하늘나라 좋은 곳에서
영원한 평화의 안식을 누리려무나.'
재배 후 합장
산국화, 구절초 소담스레 피어난
시월 마지막 날에

목욕 5

집사람과 원탕 온천탕에 가서
한 시간 후 입구에서 만나자 했더니
약속 시간 맞춰 오느라
젖은 머리카락
온천 제대로 하지 못한 면
역력히 눈에 띄었네
여자들 목욕하는 시간
남자들보다 배 이상 걸리는지라
내 목욕시간에 맞춰
만날 약속했다가
마누라 젖은 머리카락 보자
미안한 마음 들었네
물 좋은 원탕에서 온천하고
핸들 집으로 돌려
내자 함께 안전하게
아파트 주차장 도착했네

'해리 1, 2'*를 읽고

드라이브 갔다 오기엔
좀 늦은 오후 세 시 반
가속페달 밟아 읽은
'해리 1, 2' 마지막, 작가후기 다시 읽고
해리의 삶에 대해 요약해보나니
봉침 놓으며 변태짓 했고
백진우 씨 아이 가져 낳았고
추잡한 짓으로 집과 돈 마련해서
한이나에게 꼬리 밟혀
원장으로 있던
엔젤스윙 장애인 주간 보호 센터
전격 압수수색 이어 폐쇄되자
뒷산 나무에 목 메달아 죽었네
'숨 쉬는 것마저 거짓말이었던'
해리 일생
당연히 가야 할 길 가고 말았네
가속페달 밟아 읽은지라

이외에도 가톨릭에 대해 비판적으로
그려놓은 내용들 쭉 이어지다
마지막 '민들레 마을'과 '안드레아의 집'으로
가톨릭의 긍정적인 면 그려놓았고
한이나는 강철 변호사한테
만나자는 문자 메시지 보내며 작품 마무리되네

*공지영, 2018, (주)해냄,

연속극 시청하며 2

자정 가까워 오는 시간
거실에 홀로 앉아
드라마 시청하네
주말 12시부터 밤 10시 반까지 방영하는
재미있는 연속극 '마의'
다 보았지만 다시 또 보며
흐름 따라 희로애락 느끼며
광고할 때는 '음소거' 해놨다가 드라마 이어지면
배역, 시대적 배경, 연기력, 배경음악
암시와 복선 등에 유의해가며
자정 지나 12시 반경까지 보일러 켜놓고
무릎 위 침대 이불 덮고서
시, 공간 자유로운 이동 따라
비판적 관점 유지해가며
거실에서 혼자 같이 보는 사람들 상상해가며
재미있는 연속극 재방 흥미롭게 보고 또 보네
바깥엔 비바람에 느티나무 잎새 우수수 흩날리는

11월 초순 깜깜한 밤에
소망불빛 바라보며
곤히 잠든 마누라 생각하며
흐르는 주제음악 즐거이 새겨 들으며
안경 고쳐 쓰고
'오늘 근심은 오늘로 충분하니
내일 일은 내일에 맡기며'

'집 2' 발간 후

열 번째 시집 '집 2' 같은 통로 27가구 돌렸더니
값 지불하겠다는 분
신변잡기 적나라하게 노출했다는 분
담배 덜 피우라는 여교장선생님
마스크 벗고 웃으며 '안녕하세요?' 인사하는 아가씨
정중히 '잘 읽었습니다.' 하는 분
성경 말씀 작품으로 쓴 작품들 좋다는 분
'위로 필요할 때 읽어 보고 위안 받겠다.'는 분
만나면 상쾌히 웃으며 '안녕하세요?'
안부 묻는 분 등등 있고
'풀꽃 축제' 초청장 두 장 날아왔고
근무했던 직장에서
뜻 같이 하는 선생들
적은 정성 모아
봉화 냉이골 사과 한 박스 보내왔고
가톨릭문인회 교우분들
고맙다는 문자 메시지 보내왔고

대구문인협회 작가들
고맙다는 답신 보내왔고
고맙다는 엽서 보내준 분도 있네
통화한 이 교장, 마산 내려오면 학교 놀러 오라며
'집에 관한 작품 많네요.' 했었네

잠의 리듬

'생로병사의 비밀' 보지 않는다
먹는 약만 해도 지긋지긋한데
의료 프로그램 볼 마음의 여유 없다
'실제상황'은 내용 좋지 않은 프로그램들 있어
꿈자리 사나울까봐 보지 않는다
오후 9시 뉴스 보고
한 삼십여 분 '나는 자연인이다'
보다가 엣지티비 돌려
'형제의 강' 이 회분치 보고 나면
어느 듯 오전 한 시 가까워 온다
두 다리 쭈욱 뻗고
백까지 세고 나서
고운 꿈길 젖어든다

환청 응대

큰 방에 앉아 혼자서
시도 때도 없이 여전히 이어지고
어젯밤에는
자다 일어나서
죽은 아들 찾느라고
녀석 쓰던 방문 열고 불 켜 보고서
'없네요.' 하며 잠자리 들었고
오늘 아침 멸치 달인 물
주둥이 넓은 그릇에
담아 놓고서
'내가 한 거 아이다.
머릿속 사람 왔다갔는갑다.' 하네요
시도 때도 없이 집 안에서 이어지는 환청 응대
하도 자주 접하다보니 이골 나서
'늘 그러는걸 뭐.'
이제는 일상사로 '그러려니' 넘어가네요

오늘

1
접촉사고 1톤 트럭 뒷등 두 개 교체비용
25만 원 계좌이체하고
치과 들러 틀니 수리 맡기고
빵가게 들러 빵 좀 사다놓고
한의원 가서 침 맞고
진료비 지불하고
국민건강보험 지로
23만 원 빠져나갔네

2

홀씨 하나 사흘에 걸쳐 다 날아갔고
어젯밤 바람에 오동나무, 은행나무, 느티나무
잎새 잎새 우수수 떨어졌고
읽는 소설 400쪽 중
150쪽 읽었고
진도 여유 있게 잡고
오후 9시 뉴스 시들하면 뛰어넘고
이어지는 '가요무대' 봤으면 하고
'형제의 강' 이 회분치 볼는지 말는지 미정이며
쉬엄쉬엄 읽는 책 진도 나가네
보살펴야 할 집사람
조금 조금씩 도와주며
저무는 오늘 하루 드라이브 없이 보내네

거실 거닐며

1
거실 거닐며
성모상 앞 지날 때마다
하늘 높은 곳 계시는
성부, 성자
우리네 가슴 속 머무시는 성령
성자 오른 편 앉아계시는 성모님
생각하고 생각하네
각각 한 위격이시며
동시에 한 위격이신
'삼위일체의 신비'
머릿속 깊숙이 박혀져 있네

2
운전할 때
장거리 운행이면 하느님께 안전운행 기도 올리고
가까운 거리일 땐
하늘 위 성부, 성자 생각하며
동시에 같이 운행하는 사람들 양심—성령 생각하네
핸드브레이크 당겨놓고
문 열고 나와서는 하느님께 감사기도 올리네
이중조명 스탠드 오른쪽 놓인
자그마한 십자고상(十字苦像) 바라보며
또 한 작품 빚어내네

건강

1
약 쓰는 데 어려움 있으니
지발성 운동장애 잡는 데는 정형외과 약 써야 하고
조현병 잡는 데는 정신과 약 써야 하니
두 가지 상반되는 약
균형 있게 써야 하니
약 쓰는 데 어려움 있네
아침에 자기 전 약 먹고
큰 방에서 잠드는가 하면
저녁 먹으려 죽은 지 오 년 넘은 아들 찾기도 하고
발음 정확치 않아
무슨 말인지 서너 번 물어보아야 하고
'나가라. 왜 왔니?' 등
시도 때도 없이 환청 응대 이어지고
자다가 일어나 영국에서 생활하는
큰동서네 찾기도 하고
마찬가지 자다 일어나
진료 중인 작은 처남 찾기도 하네

2

입원치료는 마누라 원치 않고

나 역시 바라지 않으나

점점 악화되는 병세 보면

가슴 쓰리고 안타깝기만 하다

이런 와중에도 밥하고 설거지하고

주방 청소하고

머리 감으며

머리카락 단정히 메고

밤낮 할 것 없이 고요히

누워있거나 잠 잘 자며

오후 열 시 잠들어

오전 아홉 시경 일어나는

규칙적인 생활 이어지고 이어진다

입원해서 크로자릴 치료 필요한 줄 알지만

통원치료 일 년 이 년 이어지네

'천년의 질문 1, 2, 3'*을 읽고

장우진 기자
'맨날 공갈 때리는 전화오고,
차 유리창 박살 내놓고,
계속 소송당하고……'
장우진 기자는 바로 그 죽기 살기로
덤비는 놈이었다.
한 번 물었다 하면
끝장을 보고야 마는 성격이었다

최민혜 변호사
민변(민주사회를 위한 변호사 모임) 변호사로서
백동호 사장이 장애인 김미주 씨를
성폭행하고 임신되자 낙태시킨 사건 변호를 맡아 승소함

이태복 씨
이태복은 5대 거품 빼기 운동을 시작했다
기름값, 통신비, 카드수수료, 약값, 은행이자 등
다섯 가지를 합리적, 객관적으로
책정하자는 범국민운동이었다

김태범 특부사장
성화그룹의 비자금 자료를 갖고 잠적했다가
백운대 산사에서 체포되었으나
성화 측에서 비자금 문제를 틀어막아서 풀려난다
그 후 비피(BP)그룹 특부사장에 임명되어
비피(BP)그룹 문화재단 강화를 위해
대형 아트센터를 지어 무료로 개방하고
대규모 장학 사업의 일환으로
전국 대학교에 대형 도서관을 지어
기부하는 사업을 추진한다

윤현기 의원
출판기념회는 '선거 자금모금회로 변질'되었고
초대장은 '돈봉투청구서'였다.
국회의원들은 자기 부고만 빼놓고
욕을 먹더라도 신문에 많이 날수록 좋아한다

김태범과 안서림 사장
합의이혼과 애 둘의 양육권 문제로
쌍방이 법적으로 소송한다

장우진 기자가 황원준 검사에게 쓴 글
이 세상 모든 분야의 일이 그렇듯

제일 중요한 것은 그 일에
남다른 관심과 의욕이 있어야 한다
그것을 알고 싶은 관심과
하고 싶은 의욕이 생동하게 되면
마음의 눈이 열리게 된다
책이란 갈고 닦은 영혼의
결정체가 담긴 그릇이다
자기를 구원할 수 있는 것은
자신의 의지뿐이다
좋은 글을 쓰기 위해서는
단어를 많이 알아야 하고
그 단어의 뜻을 명확히 파악하고
그 단어를 자유자재로 구사할 줄 알아야 한다

한인규 사장
그는 김태범 씨를 위조 무기명 채권으로 속였다

고석민 씨
학교도 철저한 이윤 추구 집단이다
전임 교수 채용의 필수 조건은
발전 기금 헌납이다

이동식 미광대학 기획홍보실장

유관기관 재취업으로 행정 범죄를 저질렀다

유석중 비피(BP)그룹 회장
사업하는 두 가지 재미는
비자금 확보와 일감몰아주기이다

시민단체
모든 권력은 횡포하고 타락한다
그러므로 줄기찬 감시 감독이 필수다
그 역할을 대신 맡는 게 시민단체들이다
스웨덴 인구는 990만인데
시민 단체 수는 25만 개다
39명당 1개 꼴이다

*조정래, 2019, (주)해냄

유투브 시청과 독서

김동길 티비
'대통령이 될 만한 관상과 팔자'
장사익
'봄날은 간다, 찔레꽃'
조용필
'돌아와요, 부산항에'
나훈아
'홍시, 어매, 고향역'
유투브 열어 들으며
저녁 한 때 고요한 시간 보내네
유투브 시청하려 해도 전화요금 신경 쓰이고
텔레비전은 오후 9시 뉴스도 시들하고
밤 열시 반부터 시작하는 '형제의 강'
이 회분치 시청하며
'말씀' 고요히 놓여만 있고
재미있는 소설 사와서 읽으려니
다 읽은 다음
처리까지 생각해야 되네
재미있는 소설 있는지
도서문구센터 다녀와야겠네요

귀하신 몸

틀니 수리 맡긴 월요일부터
월화수목금 오전까지
밥 삶은 거 먹고 빵 먹고 라면 먹어
배 사르르 아파 변기 위 앉지만
방귀만 나오고 작은 거 조금 나올 뿐
그 귀한 큰 거는 나오지 않네 그려
틀니 없으니
'고루고루 천천히 꼭꼭 씹어 먹을 수 없으니'
굵은 나으리 빼내는 쾌감
월요일 아침부터 금요일 아침까지는
당연히 감감무소식
내일 금요일 오전 11시
틀니 찾아 끼워야
굵게 휘도는 귀하신 몸
비로소 볼 수 있으려나 그려

정신 차리며

1
아침 식후 먹는 약
먹었더니 졸음 밀려와
읽던 대하소설 읽기 멈춰두고
이 상태에선 핸들 잡기도 어렵다
스며드는 약 기운 따라
졸음에 젖어가는 도중
정신 집중해서
책 읽기 진도 나가고
글쓰기에도 나름대로 최선 다해 임한다

2
맑게 갠 파아란 하늘 아랜
배롱나무, 무궁화 정결하고
향나무, 단풍나무, 은행나무
느티나무 고즈넉이 어우러지네
남천은 빨간 열매
올해도 어김없이 맺었고
빠알간 산수유 조롱조롱 맺혀있고
풍란 잎사귀 넉넉하게 펼쳐졌는데
산다화 꽃망울
망울망울 맺혀있는데
커다란 황금측백 한 그루
키 높이 넘어 싱그럽다

2부

한밤중 산책

오전 세 시 나선
나 홀로 산책
경찰 순찰차 골목 돌아
서서히 빠져나가고
거리 거리엔 떨어져 누운
은행 은행잎새
고등학생 세 명 장난치느라
신호무시 횡단보도 무시
큰길 마구 건네고
힘든 한 걸음 두 걸음
쉼 없이 내딛으며
불 켜진 여기저기 가게 간판들 보며
짧은 거리 한 바퀴 돌아
현관문 들어서 옷 벗어놓고
잠옷으로 갈아입고
시를 쓰다
아침약 미리 먹고
꿈길로 젖어드네
아침, 일어나 나 홀로 한밤중 산책
이어 써서 마무리 짓네

시인

시를 써서 발표하는 사람이란 뜻인데
각자 개성에 따라 다른 시의 품격 정해지며
깊이 생각하고 퇴고에 퇴고 거듭하여
한 작품 두 작품 발표하고
자연의 흐름에 함께 하며
대소 인간사 소홀히 하지 않으며
독자들 마음 속 흐뭇한 미소 짓게 하며
쓰라린 몸, 마음 상처 다독여
새로이 시작할 수 있게 하고
쓸쓸한 곳에서 고즈넉한 작품 빚어내어
쓸쓸함 지워버리며
좋은 작품 쓰고자
진통제 네댓 알로 하얀 밤 꼬박 지새우며
사람, 사물 대함에
자연스런 응대 이어지며
보통 사람들 놓치는 사소한 일에서
시상 잡아 작품화하고
맑은 이성과 지혜로움으로 사람, 사물
바라보아 노래로 빚어내는 사람
시인은, 시인은 이런 사람일까?

축복

쓴다는 것 자체가 구원일 때
주제가 무슨 소용이랴
구성이 무슨 문제가 되랴
문체의 좋고 나쁨이
무슨 새 날아가는 소리냐
내용 있고 없음
또한
지나가던 개가 웃을 일이 아니더냐
읽던 대하소설 권 9
옆으로 밀쳐놓고 이중 조명 아래
이면지 위 펜 흐르는 대로 써나가는 것
향나무 고요히 향기롭고
낮 반달 희미하듯
키 큰 측백 싱그럽고
빠알간 남천 열매 고즈넉하며
배롱나무 둥치 청결하고
무궁화 가지 가지 청정하듯

쓴다는 것 자체가 구원일 때
독자를 염두에 두랴
선후배, 동료 시인들을 염두에 두랴
아서라, 부질없는 짓
깊은 숨 들이쉬고 내쉬며
숨 쉬는 것 자체가 행복이듯
쓴다는 것 자체 다 함 없는
크나큰 축복 아니리요

환청, 환각, 꿈

1
현직 떠난 지 9년 3개월
미련남아 잠깰 무렵
분필통에 시간표 붙이기도 하고
아이들 가르치기도 하며
동료들과 둘러서 잡담하고
선, 후배들과 커피 마시며
휴게실에 앉아 쉬기도 한다

2
환청 심해진 집사람
'학교 가야지요.'
반복하고 또 반복하면
'퇴직한 지 9년 넘었어요.' 응대하며
이번엔 환각 일으킨 마누라
'큰 방에 모르는 남녀 들어와 있으니
내쫓아달라.' 하기에
'사람 없어요.' 응대하니
큰 방에서 혼자서 모르는 사람
내쫓는 소리 들리더니
조용히 잠들었다

3
현직 떠난 지 9년 3개월
무슨 미련 남았다고
현직 근무하는 꿈
아직도 꾼단 말인가
명퇴한 지 9년 3개월 지나가는데

지나가는 기차와 같이

망설이는 시간도
저녁 후 자투리 시간도
티비 드라마 보는 시간도
책 열심히 읽는 시간도
한두 자 긁적이는 시간도
맛있는 빵 먹는 시간도
사과 깎아 먹는 시간도
화장실 앉아 있는 시간도
삶은 밥 먹는 시간도
퇴고하는 시간도
누워 자는 시간도
담배 피우는 시간도
안경 쓰고 벗는 시간도
틀니 끼웠다 빼놓는 시간도
기타 등등 수많은 시간 시간들
지나가는 기차와 같이
흘러가는 강물과 같이
여지없이 지나가 다시 오지 않는다는

엄연한 현실 앞에
치열한 정신으로 살아가야 마땅하리
강렬한 현실 의식으로
하루 하루 온 힘 다해 온몸으로
밀고 나아가야 마땅하리
자기 전 한두 자 적어 놓으며,

복합구성의 정글 헤쳐 나가며

대하소설 읽으며
복합구성이어서 한 쪽 스토리 전개되다가
다른 쪽 얘기 나오면 등장인물들 대화 통해
어느 인물군 엮어가는 사건인지 알게 되는데
등장인물들, 그들이 엮어내는 사건들
메모하며 읽지 않으니
앞에서 어떤 사건 전개되다 멈췄는지
이어지는 사건으로 알게 되기도 하고
많은 등장인물들 역시 하나, 둘, 셋, 넷
무리로 묶어
여러 갈래로 병행 진행되는
복합구성의 구체적인 모습
접하고 겪게 되네요
여러 개 사건 병행 전개되다가
서로 겹쳐 진행되기도 하고
따로 떨어져 있다가
다른 사건 진행된 지
한참 지난 후 다시 진행되기도 하는 복합구성
등장인물, 중요 사건 등

메모해 가며 읽으면
좀 더 쉽게 구성의 가닥가닥
잘 파악해가며 읽을 수 있지만
메모하지 않고 각 권 소제목 따라 읽어가며
등장인물들, 사건 핵심단어 등 밑줄쳐가며
밀려오고 밀려오는 졸음 쫓고 쫓으며
권 별 소제목 중심으로
등장인물, 사건 많은 대하소설
복잡다단한 복합구성의 정글 헤쳐 가며
꾸준히 한결같이 읽어나감

내가 새벽을 깨우리로다*

자궁에서 큰 혹 자라고 있어
24시간 내 수술하지 않으면
생명 위독한 훈이 엄마
김진홍 전도사 등에 업혀
찾아간 국립병원 중앙의료원
입원보증금부터 내라 하네
이어 계속 찾아간
신촌 세브란스병원
서울대 부속병원
이화여대 부속병원
한결같이 냉담하게
입원보증금부터 내라 하네
그러다 마침내
김진홍 전도사 등에서 숨 거둔 훈이 엄마
김 전도사 격분하여
활빈교회 간판부터 내리고
이놈의 썩은 세상
확 뒤집어엎는 일부터 시작하려 했네

캄캄한 어둠 속
성동교 중앙쯤에서
들려온 예수님 목소리
'진홍아, 네 등에서 죽은 그 여자,
바로 나 십자가에서 죽은 예수다.'
시편 57장 7~8절
'내가 새벽을 깨우리로다.'

*조정래, '한강' 권 7, pp 108~118쪽에서

충청도 씨름꾼*

때는 1910년 가을 무렵
하와이 설탕농장 농장주
충청도 씨름꾼 잡아두려 맞선 보게 했는데
충청도 씨름꾼 하와이 토박이 여자
적극적으로 달려들자
자신은 기운은 세지만 고자라 하여 판 깨고
무사히 빠져나왔는데
맞선 본 여자 젖통은 엄청 커서
돌아오는 길 그 놈 가라앉지 않아
바지 주머니 속에 손 넣고
그놈 잡아 내리고 돌아와서
뒷간 가서 용두질 두 번하여
그 놈 달랬다는 이야기
그런 물건 가지고 고자라고 거짓말해댄 심정,
설탕수수농장 농장주 손아귀 벗어나려
꾸며낸 이야기였다네

*조정래, '아리랑' 권 2, pp 249~250쪽에서

불면

오지 않는 잠일지언정
감기는 눈으로 잠 청해보자
눈은 그물 그물 하는데
막상 누우면 잠 어디로
달아났는지 잡을 길 없네
자기 전 약에 수면유도제
1알 빠졌다고 거의 매일
자다 깨어나 수면제
1알 먹고 다시 잠드는가
숙면 취하려 잠자리 드는 시간
오전 12:30~01:00 사이
맞춰뒀건만 이 또한
오늘 오전 6시까진 별 소용없네
머리 묵지근히 누르는 두통
틀니 끼고 빵 조금 더 먹고
스멀스멀 감기는 눈으로
단잠 청해 누워보자
쉽게 올 것 같지 않을
잠일지언정 스멀스멀 감기는 눈으로
오지 않는 잠 청해보자, 다시 한 번

본향으로 가는 길

현대인들 다수는
술의 노예
담배의 노예
티비 노예
맛있는 음식 노예
귀금속 노예
대중음악 노예
멋진 승용차의 노예
돌고 도는 돈 노예
변화무쌍 휴대폰 노예
벗어나
하늘과 땅, 온 우주 다스리시는 분께
경건한 예불, 예배, 미사
끊임없이 올리고 또
올리네

한 맺힌 세월 나날

감골댁 두 딸 미모인 수국이와 보름이
수국이는 일본 헌병된 백남일이한테 강제로 당하자
동생 방대근이 지삼출과 함께 복수할 기회 엿보다가
어느 날 밤 술 취한 백남일이 한쪽 눈 뾰족한 돌로 찍어
애꾸눈 만들어 놓고 만주 통화 송수익 대장 있는 곳으로 달아
났네
역시 미모인 보름이는 정미소에서
속곳 안주머니 두 개에 쌀 훔쳐 내오다
일본 순사된 장칠문이한테 걸려
강제로 당해 몸 망쳤는데
장칠문이는 일본 순사 계장한테 보름이 상납하고 말았네
보름이한테 넋 잃은 서무룡이도
일본 순사 계장한테 복수할 기회 기다리고 기다리네
미인박명이라 했든가
미모인 보름이와 수국이 차례차례 몸 망쳤지만 극복하고
수국이는 만주에서 보름이는 군산에서
조선인 어우러져
한 맺힌 세월 나날 살아가고 있네요

*조정래, '아리랑' 권 5, pp 74~184쪽 중에서

득보의 장타령*

득보와 옥녀 아버지는 논 뺏으려는 지대충주
패대기쳐 총살당해 죽었고
어머니는 실성해 여기저기 헤매다
작은 저수지에 빠져 죽었네
옥녀가 소리 잘 하는 것 듣고는
주막집 주모가 배부르게 먹여주겠다 하여 따라갔는데
며칠 있다가 주모가 옥녀를
놀이패들한테 팔아넘기자
옥녀 찾겠다고 나선 열세 살 득보
김제 죽산면에서 장흥 땅까지
수천 리 길 정처 없이 헤매다
장흥에서 늙은 거지 만나
열흘 동안 민심 담긴 장타령 배우고
여동생 옥녀 찾아 여전히 헤매네
득보는 재수 좋으면 한 달 내
옥녀 데려간 놀이패들 만나

옥녀 되찾을 거고
재수 없으면 4, 5년 뒤
만나게 되리라 믿고서
길 따라 여기저기 정처 없이 헤매네
어린 득보 더 어린 여동생 찾아
거지행세로 뜬 구름이듯
정처 없이 여기저기 헤매고 있는 모습
눈앞에 선연이 펼쳐지고 있네요

*조정래, '아리랑' 권 5, pp 333~347쪽 중에서

공허 스님*

바람처럼 왔다가 구름인양 사라지는 공허 스님
국밥은 물론이고 곡차 즐겨 마시며
왜놈 순사 두 놈에게 체포되었을 때
두 놈 박치기 시킨 다음 사타구니 걸어차
두 놈 널브러지자 왼발 오른발로
각각 한 놈씩 모가지 밟아
두 놈 모두 저승길 보내었고
청상과부 홍씨 만나면 폭발하는 활화산으로
산맥 깊은 속되어 얼크러지고 설크러져 어우러지고
경성행 기차에서 순사 차석 장칠문이한테
체포되었을 때 열차 연결 부분에서
강한 박치기로 장칠문이 코뼈 내려앉히고
앞니 두 개 부러뜨린 후 달리는 기차에서
뛰어내려 왜놈 순사들 포위망 유유히 벗어났네

도림 스님과 속엣말 숨김없이 꾸밈없이
주고받고 반도 내와 만주 독립군 사이 오가며
항일운동 적극적으로 실천하네
구름이듯 왔다가 바람처럼 떠도는
일제강점기 하 딱 어울리는 공허 스님
독립운동 발길 반도 내에서 만주까지
끊임없이 다함없이 꾸준히 이어지네

*조정래, '아리랑' 권 4~7 중에서

장대비 속 여인

한여름
장대같이 퍼붓는 비 속
모자 쓰고 가까운 산 향해
여유롭게 걷던 한 여인의 모습
우산 받쳐 들고 집중해 바라보았네

송수익 대장*

송수익 대장
국내에서 독립운동 길 막히자
만주 통화에 자리 잡고 계속 독립투쟁
왜놈 정규군 여러 차례 물리치고
연해주 가 신식 총 사오고
자리 옮겨 길림에서 계속 독립투쟁
계속해서 왜놈 군인들 죽여 오다
어느 날 조선인 밀정 양치성이 끄나풀에 걸려들어 체포당해
모질고 악랄한 고문당하고 15년 형 언도받고 감옥살이 중
건강 급속도로 악화되어 감옥에서 눈감고 말았네
둘째 아들 송가원이에게 유언하길 화장해 만주벌판 길림에 뿌려
달라 하여
유언대로 넓디넓은 만주벌판 길림에 뿌려졌네
국내 있던 부인 안씨 고문 후유증으로 먼저 세상 떴고
큰아들 송중원이 고문 후유증에 시달리며 잡지사 일에 몰두하고
둘째 아들 송가원이 의사되어 부상당한 독립군들 치료하네
독립투쟁 거목 송수익 대장 사라지자
지삼출이 천수동이 송가원이 필녀 옥녀 수국이 모여
옥녀 부르는 진혼곡에 맞추어 함께 진혼제 올렸었네

*조정래, '아리랑' 권 2~10 중에서

36년 세월*

알몸 메달아 놓고 쇠좆매로
후려치면 살점 묻어나고 살점 떨어져
뼛속까지 쇠좆매 파고 드네
물고문 고춧가루고문 전기고문
온갖 고문 다하고 힘없는 양민들이나
부상당한 독립군 사로잡아
작두날 위 목 올려놓고 싹둑 싹둑 잘라
잘린 머리 커다란 포대에 담아
이 동네 저 동네 다니며 전시해 양민들 겁주고
간부급이면 머리 장대 끝 효수해 메달아 놓고
나무에 묶어놓고 칼로 얼굴 일 인치씩 껍질 벗겨내고
여인 미모이면 옷 벗겨 강간하고
동네방네 다니며 동네 사람들 다 죽이고
온 마을 불 태웠네
1910년 한일강제늑약부터
1945년 8월 중순까지 일제강점기 하

처참했던 한민족의 수난
36년 세월
잊지도 말고 용서하지도 말아야겠네
드넓은 만주벌판 조선인들 다 죽이고
살던 초가집 깡그리 불태웠던 잔인한 만행
잊지도 말고 용서하지도 말아야겠네

*조정래, '아리랑' 권 1~10 중에서

또 다른 풍경*

'또 다른 풍경' 유화 한 점
거실 티비 위 걸었더니
거실 풍경 또 다른 풍경되었네
화폭 가운데 상록수 한 그루 무성한 잎새
좌우에 활엽수 한 그루씩
좌측 활엽수엔
낙엽이 지고 낙엽이 지고
아래 측 커다란 항아리 속엔 추상 형체 가득하고
한가운덴 커다란 꽃잎 두 개 싱그럽고
좌측 아래엔 추상선 안 솟대 등 추상 형체 가득하고
우측 활엽수엔 단풍 든 잎새 잎새
밝고 온유하고 맑은 '또 다른 풍경'
거실 한가운데 걸었더니
거실 풍경 또 다른 풍경되었네
사계절 낙엽이 지고 낙엽이 지고
상록수 푸르른 잎새 싱그러운 잎새
사철 푸르니 우리네 마음 풍경
사철 푸르게 싱그러이 피고 또 피어나네

*경남미술대전 유화 초대작가 유재복 화가의 작품

조정래 대하소설에 빠져

'천 년의 질문 1, 2, 3'
읽고
조정래 대하소설에 빠져
'태백산맥' 10권 한 달 만에 다 읽고
이어 '한강' 10권 보름 만에 독파하고
계속해서 '아리랑' 12권 보름 넘어 '아리랑' 권 12 읽고 있네
일제강점기 하 암흑의 세월 다룬 '아리랑'
6·25 전쟁 당시 그리고 전후 빨치산 이야기 다룬 '태백산맥'
박정희 정권부터 광주민주화항쟁까지 다룬 '한강'
이어 한국의 현대 다룬 '천 년의 질문'까지
질펀한 전라도 사투리에 묻혀가며
재미있게 가속도 붙여가며
의자에 오래 앉아있어 좌측 다리 저려가며
오전 2시, 3시까지
열심히 읽었고
'아리랑' 권 12 보름 넘어 열심히 읽고 있네

심기헌 신부

천주교 대전성당 심기헌 신부
서사할린 삭조르스크(광부도시)에서 광부 노릇
도망친 광부 두 명 이틀 만에 잡혀와 따귀 맞길 50번 가까이
심기헌 신부 '차라리 내가 대신 맞겠소.'
신부님 오른쪽 볼 50번 맞고 왼쪽 볼 48번 맞아 양쪽 볼 부어
오름
독감방(바닥은 땅이었고 사방 벽과 천장은 양철이며
한 사람 겨우 앉을 자리에
밥은 고사하고 물 한 방울 주지 않으며
천장 낮은 그 속에 앉아
대소변 처리해야 하는 곳)에 갇혀
찜통더위에 시달리길 만 사흘
풀려나 얼굴 땅에 박으며 곤두박여 버리자
'몇 놈 불러서 시체 치우게 해.'
이웃 사랑 죽음으로서 실천한
천주교 대전성당 심기헌 신부 거룩한 삶
오늘 국민들 가슴 속 생생히 살아있네

*조정래, '아리랑' 권 12, pp 180~189쪽 중에서

'소모'*

북해도 도로공사장 하루에 12시간씩 중노동
하루 밥은 고봉밥 한 그릇
반찬 단무지 하나 나오다 않나오다
배고픔과 중노동에 시달리다
공사장 도망친 조선인 두 명
이틀 만에 잡혀옴
맨 앞줄 노무자들 50명
명령 따라 일시에 돌 던지자
두 명 비명 지르며 쓰러짐
그러다 연달아 세 번
두 노무자 정신 잃고 쓰러지자
기절한 두 명 십자가 묶어 십자가 세워둠
이튿날 까마귀들 새카맣게 달라붙어
눈에서부터 내장 전체 다 뜯어먹어
너덜너덜한 시체에서
남은 것은 팔다리와 등 쪽의 살과 가죽뿐
노무자 50명 점심시간에 뽑혀나가
두 사람 너덜너덜한 시체 땅에 묻음
왜놈 총감독은 노무자 명단에 빨간 글씨로
'소모'라고 처리해 버렸음

*조정래, '아리랑' 권 12, pp 268~273쪽 중에서

로드킬

가속도 붙은 시내버스
길 건너던 고양이 한 마리
주둥이 윗부분 갈아 눕혀
투실투실한 다 큰 고양이
저승길 보내었네
지나가던 초등학교 6학년 학생
비에 젖은 박스 찢어
널브러진 고양이 목 잡아
아파트 지하주차장 입구
조경석과 조경석 사이 놓아두었네
이를 알게 된 경비원
죽은 고양이 잘 처리했는지 궁금하네

죽기 직전 한 걸음 한 걸음

좌골신경통 좌측 고관절로
악화되어 가던 어느 날
개인병원 정형외과 들러
지독히 뜨거운 핫팩으로 찜질하고
병원 나섰는데
마침 가져간 지팡이 짚고 한 걸음 두 걸음
죽기 일보 직전
온 마음 온 힘 다하여
겨우 겨우 걷는데
신문 받아보라 권하는
신문사 지사 사람 물리치고
죽기 직전 일보 한 걸음 두 걸음
걷고 또 걸어 우리 집 도착하여
모든 것 깡그리 잊고
한숨 푹 자고 나니 비로소 살만했네
좌골신경통 날로 악화되어 가던 어느 날
죽기 직전 한 걸음 두 걸음
지팡이 짚고
젖 먹던 힘까지 다 내어
정형외과 개인병원에서
우리 집까지 겨우겨우 도착했네

본향으로 돌아가며 2

한국 최근 현대 사회 다룬
'천 년의 질문' 세 권 읽고
빨치산 활동 다룬
'태백산맥' 열 권 열심히 읽고
박정희 정권부터 광주민주화항쟁까지 다룬
'한강' 열 권 시원스레 읽고
일제강점기 하 사십 년 세월
치밀하고 끈질기고 끈기 있게 다룬
'아리랑' 열두 권 한 권 한 권
차례차례 다 읽고
중국 현대 삶의 모습 시원하게 다룬
'정글만리' 세 권 다 읽었네
한결같이 작품 주인공들은
이름 없는 민초들이었고
대하소설 세 가지는 복잡하게 전개되는 복합구성이었으며

질펀한 전라도 사투리 푼수 있게 쓰였었네
조정래 전반기 문학 결산
'조정래 문학전집' 아홉 권은 절판되어
구해볼 수 없었고
내 돌아가야 할 본향
'성경' 신구약 읽기로 들어서네

기싸움*

한국 비즈니스맨이 중국 상사와
판매 계약 체결하려 할 때
중국인 측에서 걸어오는 기 싸움
그 독한 백주를 맥주잔에 여섯 잔
마시면 계약 체결하겠다 하여
한 잔 마시고 노래 한 곡 불렀다가
넉 잔 마시고서 화장실 달려가
목구멍 깊이 손가락 집어넣어 다 게워내고
독한 백주 두 잔 마셔
판매 계약 체결했다는 첫 번째 일화
또 살아있는 뱀 껍질 벗겨
독하고 독한 백주 안주로 먹으면
계약 체결하겠다 하여
백주 한 잔 맥주잔에 마시고
접시 위 꿈틀거리는

뱀 짓이겨 집어삼켜
판매 계약 체결했다는 두 번째 일화
한국 비즈니스맨들 중국인들과의
판매계약 체결 때 중국인들 걸어오는 기싸움
지지 않으려 젖 먹던 힘까지
다하는 처절한 현장
끝내 이겨내어
판매 계약 체결하고 마는 기막힌 사연
같은 동포로서 마음 속 소리 없는
격려의 박수 보내고 또 보내네

*조정래, '정글만리' 1,2,3, 2017, (주)해냄

3부

하느님이냐 재물이냐

매년 2월 졸업식 때면
교구청에서 총대리 신부님이나
교육국장 신부님께서 학교에 오셔서
졸업 축하 미사를 집전하셨는데
복음 말씀 한결같이 똑같은 부분 봉독하셨네
예수님께서 한 젊은이에게
'간음해서는 안 된다. 살인해서는 안 된다.
도둑질해서는 안 된다. 아버지와 어머니를 공경하여라.'*
하시자 그가 '그런 것들은 제가 어려서부터 다 지켜왔습니다.'
하자
예수님께서 그에게 이르시길
'가진 것을 다 팔아 가난한 이들에게 나누어 주어라
그리고 와서 나를 따라라.' 하시자
그는 이 말씀을 듣고 매우 슬퍼하였다
그가 큰 부자였기 때문이다**
그 젊은이는 끝내 하느님을 섬기지 않고
재물을 섬겼기 때문이다

오늘 이 땅의 크고 작은 부자들은
하느님을 섬기고 있는가?
재물을 섬기고 있는가?

*탈출 20, 12-16 신명 5, 16-20
**루카 18, 21-23

어린이와 부활

네 마음을 다 하고 네 몸을 다하고
네 정성을 다해 한 분이신
하느님을 섬겨라
그리고 네 이웃을 네 몸처럼 사랑하여라
어린이 한 명을 세우신 후
너희들이 이 어린이와 같지 않으면
하늘나라에 들어가지 못하리라
하느님 나라에서 가장 큰 이는
이 어린이와 같은 사람이다
온 인류의 죄를 짊어지시고
십자가에 못 박혀 돌아가신 후
사흘날에 부활하시어
제자들에게 나타나시는 등 40일간 활동하시다
하늘에 올라
성부 오른편에 앉으신 다음
제자들과 여러 사람들에게
성령을 내리시어
복음이 온 땅에 퍼지게 하신 그리스도 예수님
경배 드리옵니다
찬미, 찬송 드리옵니다, 아멘

엠마오로 가는 길

엠마오로 가는 길에
부활하신 예수님께서 두 제자에게
성경 전체에 걸쳐 당신에 관한 기록들을
그들에게 설명해 주셨다
날이 저물어 그들과 함께 식탁에 앉으셨을 때
예수님께서 빵을 들고 찬미를 드리신 다음
그것을 떼어 그들에게 나누어 주셨다
그러자 그들의 눈이 열려 예수님을 알아보았다
그러나 그 분께서는 그들에게서 사라지셨다
그들은 서로 말하였다
"길에서 우리에게 말씀하실 때나
성경을 풀이해 주실 때
속에서 우리 마음이 타오르지 않았던가!"*
제자와 동료들에게
그들이 겪은 일과 빵을 떼실 때
그분을 알아보게 된 일을 이야기 해주었다

*루카 24:32

간음하다 잡힌 여자

율법 학자들과 바리사이들이
간음하다 현장에서 붙잡힌 여인을 데려왔다
그리고 그들은 모세의 율법에서는
이런 여자에게 돌을 던져 죽이라고 명령했습니다 했다
예수님께서는 몸을 굽히시어
손가락으로 땅에 무엇인가 쓰기 시작하시다
일어나시어 그들에게 이르셨다
"너희 가운데 죄 없는 자가
먼저 저 여자에게 돌을 던져라."*
그들은 이 말씀을 듣고
나이 많은 자들부터 시작하여 하나씩 하나씩 떠나갔다
돌을 던져 죽이는 것은 바람직한 해결책이
아니라고 생각했기 때문이다
다 떠나고 예수님과 여인만 남자
예수님께서 여인에게 이르셨다
"나도 너를 단죄하지 않는다. 가거라.

그리고 이제부터 다시는 죄 짓지 마라."**
예수님 말씀 중
"이제부터 다시는 죄 짓지 마라."는
실천하기 결코 쉬운 일은 아닐 것이다

*요한 8, 7
**요한 8, 11

올림픽 출전 연속 9회

23세 이하 올림픽 축구대표팀
4강에서 호주와 격돌
한국팀 공격 계속 이어져 경기 계속 진행
호주팀 전략은 전반전에서 영 대 영으로 비기고
후반전에서 몰아쳐 득점하겠다는 계획
한국팀 거세게 몰아쳐 골대 맞고 나온 공 두 번
하프타임 15분 휴식 후
후반전 들어서도 거세게 몰아치던
한국팀 한 선수 슛한 공이
왼쪽 골대 맞고 나오자
왼쪽에서 기다리던 김태원
재빨리 차 넣어 선제골 획득
경기 계속 한국팀에게 유리하게 전개되다
호주 페널티 에어리어 안에서 공 잡은 이동규
한 명 젖히고 왼쪽으로 각도 잡은 정확한 왼발 슛
상대 골망 철렁 흔들었네
작전, 개인기, 팀워크, 경기내용 등

모든 면에서 계속 우세했던 한국
4강에서 만난 호주 2:0으로 승리 거두어
올림픽 출전 연속 9회라는
대기록 새로이 작성했네
이제 남은 경기는 사우디아라비아와 결승전
총력 다하여 지역예선 1위로 도쿄 올림픽 진출 기대해보네

에이에프시(AFC) 우승

태국에서 열린 에이에프시
호주와 결승전
전, 후반 내내 양팀 공방전 펼쳐져도
골 터지지 않아
연장전 돌입
연장 후반 8분경
호주 골대 앞으로 절묘하게 띄운 공
키 큰 정태욱 선수 정확한 헤딩슛
호주 골대 안 골인 골인
총공세로 나오는 호주 선수들
잘 막아내어
에이에프시 최초 우승
23세 이하 올림픽 국가대표팀
'빛내자 빛을 내자 대한의 건아들!!'
송범근 선수는 골키퍼상
대회 엠브이피(MVP)는 미드필더 원두재 선수
우승컵 들어 올려 신나는
23세 이하 올림픽 축구대표팀

결승전 한 방 세트피스로
끈질긴 승부 갈라 우승컵 들어올렸네
우승하자 우승컵에 레이저로 새겨지는 코리아 리퍼블릭
설 선물로 온 국민들 가슴 가슴 속
설레고 기쁜 큰 선물 안겨주었네
'빛내자 빛을 내자 대한의 건아들!'

1987년

서울대 언어학과 재학 중인
박종철 열사를 남영동 대공분실에서
물고문하다 죽인 사람들 그들 위 지휘관
기자들한테 브리핑하길
수사관이 탁자를 탁 치자
억하고 죽었다는 말도 안 되는 소리하자
죽음의 진상 밝히고자 나선 사람들
5~6명들 고문했으며
물고문으로 인한 질식사라 밝혀내어
수사관들의 직위와 이름 구체적으로 밝혀내
신문에 보도했네
같은 해 오월 연세대 이한열 열사
최루탄 머리 뒷면 맞아 사망하자
분노한 학생들, 시민들 들고 일어나
더욱더 거세게 저항했으며
장례식 때 100만 명 모여들어
이한열 열사의 드높은 민주화 정신 기렸네

김영삼 씨 김대중 씨 가세하여
경찰에 대한 저항, 민주화 열망의
불길 활활 타오르자
민정당 대표 노태우 씨
6·29 선언하여 발등에 떨어진 급한 불 잠재웠네
조국의 민주화 위하여 목숨 던진
박종철 열사, 이한열 열사
드높고 고귀한 뜻 면면이 이어져
2020년 이 땅의 민주화 정신
타오르는 횃불로 오늘도 구석진
어둠 환하게 밝혀주네

아들 생각 9

1
초대형 의과대학 부속병원 응급실
'아빠, 가정을 지켜주세요.'
네 말 겨우겨우 실천하고 있단다
아들아

2
아들아 용서해다오
아들아 용서해 주려무나
아들아 못난 애비 수많은 패륜 용서하고서
하늘나라 좋은 곳에서 영원한 평화의 안식 누리려무나

아들 생각 10

너 먼저 보낸 후
컨디션 좋지 않으면
더욱더 깊어지는 그리움
고약한 지병 고쳐보고자
동서남북 몸부림쳤던
수많은 너의 노력과 수고
상황 정확히 파악하여
네 건강 상태에 내 눈높이
맞추지 못했던 어리석음
매일 대형 종합병원 응급실
달려가고 달려갔던 네 고통 모르고서
내 마음대로 치달았던 패륜의 나날
곁에 있을 때 좀 더 잘 해주지 못한
때늦은 후회
너 먼저 보낸 후 컨디션 좋지 않으면
더욱더 깊어지는 그리움 그리움

아들 생각 11

얼마나 고통 극심했으면
얼마나 마음 괴로웠으면
얼마나 장래 계획에 짓눌렸으면
산책하는 길 적군 속 전투하러 가는 느낌이었으니
네 겪는 고통 만분의 일도 헤아리지 못한 못난 애비
폐륜에 구업만 쌓고 또 쌓으며
네 고통 치료하는 일 소홀히 했던 무지몽매함
하루 하루 매일 매일
겪는 고통 얼마나 극심했으면
얼마나 장래계획에 짓눌렸으면
이 세상 좋고 좋은 것 모두 다 미련 없이 버리고
네 홀로 먼 길 먼저 홀로 떠났겠느냐

소망

성부와 성자님 성령님 성모님
저와 아내 건강을 회복시켜 주시옵소서
일러주신 대로 영혼과 육신을 함께 죽여
영원히 꺼지지 않는 지옥불에
던져버릴 수 있는 분을
두려워하게 하옵소서
성부님 성자님 성령님 성모님
저와 아내가 건강을 회복하여
한 평생 비익조로 살다가
함께 주님의 나라에 들어갈 수 있도록
도와주시옵소서
우리 주 예수 그리스도의 이름으로 비나이다, 아멘

굴비*

한적한 산골
굴비장수 굴비 팔러 왔건만
한 두릅도 못 팔고 돌아가는 길
언덕 넘어 고요한 밭에
흰 머릿수건 쓴 아주머니 한 사람
그 짓 한 번 하고 굴비 한 두릅 받아
저녁 밥상에 굴비 올렸는데
남편 아내에게 웬 굴비냐 물으니
아내 사연을 남편에게 이야기 하자
그날 밤 진하게 떡칠하며
'앞으로는 그러지 말라.' 하였네
보름쯤 지나
저녁 밥상에 또 굴비 오르자
남편 마누라한테 사연 묻자
마누라 '이번에는 뒤로 했어요.' 했네
그날 밤 피스톤 왕복 운동 신나게 해대며
남편 내자에게 '뒤로도 하지 마라.' 일렀네요

*신광철, '시에서 길을 찾다', 2009, 도서출판 한비co에서 인용

목욕하는 여인

한여름
저 멀리 창밖 내다본다
단독주택 주방 안
한 여인 커다란 들통에 물 가득 채운다
하나씩 하나씩 옷 벗더니
알몸으로 들통 속 들어가
편안히 앉는다
오른손으로 물 퍼 올려
상반신 때수건으로 문지르더니
들통 밖 나와서 하반신
때 미는 수건으로 깨끗이 닦고 또 닦는다
바가지로 온몸 물로
씻어 내리더니
수건으로 전신 닦고서
벗어둔 옷가지 하나씩 하나씩 서서히 입는다
한여름
저 멀리 창밖 내다보던 시선 거두어 들여
읽던 책 계속 읽어 나간다

선친 기일

선친 기일
양력 2월 27일
음력 1월 11일
가족 함께 모여 정성껏 기제사 모시네
생애 후반기 절 요사채에서 요사채로 다니시며
영혼, 육신 다듬으셨던 모습
하루 한 통씩 대구 사과즙 챙겨 드시며
대전 현충원 가실 준비
대구 적십자병원에서
대구 보훈병원 중환자실로
위급한 상황 넘기고 나서
일반병실 입원해계시길 2년 6개월여
어머니 똥, 오줌 받아내며 병수발 하셨네
'2월은 넘기지 않겠나.' 하셨는데
2월 마지막 날 별세하셨네
울산 가까이 요사채 머무실 때
써 보내신 '불교핵심요약'
정성들여 표구해 어머님께 드렸네

'야고보서' 읽으며*

구원의 말씀 읽고 실천하자
'실천 없는 신앙은 죽은 신앙입니다.'*
'야보고서' 예닐곱 번째 읽으며
곰곰 생각해보고
'나는 오늘 무슨 선행과 나눔 실천하였는가?'
되뇌어 보네
믿음 바탕 둔 튼튼한 작품 빚지 못하고
'…저승에 가시었다 사흘날에 부활하시고
하늘에 올라 전능하신 천주 성부
오른편에 앉으시며…' 사도신경 외우며
보살펴야 할 내자 생각하며
영원 구원의 말씀 읽고 실천하자
스스로 다짐하네

*야고보 2-17

요한 묵시록

천주교에 대한 탄압 거셀 때
온통 은유와 상징으로 쓰인 부분
묵시문학에 대해 견문 갖고
접하면 읽기 쉬운데
그렇지 못할 때
읽어도 무슨 내용인지 알기 어렵다
묵시문학에 대한 견문
사라진 상태에서 읽으니
다 읽고 나도 장님 코끼리 만지기
주해서 있지만 뒤적이지 않고
기본 텍스트 안에서 최대한 정신 차려
'정신일도하사불성: 정신을 하나로 모으면
무슨 일이든 이루지 못하랴.' 하는 태도로
다시 한 번 읽어보련다

쓰네, 시라고

마누라, 아들
한 목소리로
수필 써라 한다

누구나 아는 이야기
풀어쓰면
수필이지 시냐고

몇 번이나 반복해
마누라, 아들
한 목소리로
수필 써라 하는데

임 일꾼
임 뜻하심대로
쓰여지길 바라니

마누라, 아들
한 목소리로 수필 써라 반복해도

70대의 끈기

70대 노인과 40대 젊은이가 탁구를 친다
40대 조금 잘 치긴 하지만
40대
이렇게 쳐야 한다
저렇게 쳐야 한다
그렇게 쳐야 한다
잔소리 멈출 때 없다
70대 노인은 침묵하고 계속 친다
그놈의 탁구 조금 잘 친다고
웬 잔소리 그리 많은지
그래도 70대 노인은 계속 이어지는 잔소리 묵살하고
끝까지 랠리, 스매싱 주고받는다
탁구 강습 여선생 들어서자
40대 '갑니다.' 인사하고
재빠르게 바람처럼 사라지고 없었다

봄비 4

봄비 내린다
산다화 위로 모란 새 촉으로
무궁화 정결한 맵시 속으로
봄비 내린다
너의 고운 가슴 속에
나의 우아한 마음 따라
우리네 알뜰살뜰 살아가는 사연들 엮으며
봄비 내린다
늘어선 가로등 위로
불 켜진 아파트 베란다 위에
환히 불 밝힌 네온사인 속으로
봄비 내린다
그녀 사랑스런 눈망울 함께
함께 거닐었던 목화길에도
같이 거닐었던 강변 버드나무 적시며
고웁게 흐르던 강물 속으로
우리네 눈동자 곱게 적시며
부슬부슬 봄비 내리고 내린다

윤 화백님

부족한 시집 한 권 들고서
댁으로 찾아뵈었더니
사모님, 서울 가셨다 하셔
전시회 때문에 가셨으리라 여기고서
오시면 드리라며
졸작 시집 한 권 건네 드렸다
본당 저녁미사 참례하러 가는데
산책하시던 윤 화백님, '자살하겠다.' 하셨네
서울 대형병원 세 군데 진료하셨는데
한결같이 암세포 전체 다른 장기로 전이되어 손댈 수 없는 상태
마산 시립의료원에 입원해 계실 때 찾아뵈었는데
머리맡 작은 묵주 하나와 레지오 수첩
'난 억울해서 못 죽어.
유럽 해외 화가들과 그룹전도 남아있고
경남 원로화가회 회장직도 수행해야 해.'

이야기 좀 나눈 후 피곤하셨던지
침대 평평하게 해 달라 이르시고
눈 감고 휴식 취하셨네
일주일여 뒤 선종하신 윤병석 화백님
가족 다 모이자 숨 거두셨다는 맏아들 이야기
장례식장에서 전해 들었네
유족 이름 뒤 모두 천주교 세례명 나란히 있었네

입맞춤 2

환한 보름달
어둠 속 캠퍼스 같이
한 바퀴 도는 도중
껴안고 입맞춤
달디단 입맞춤
환히 비취는 달빛
걷던 길 마저 함께 걸었네
다음날 그녀 '너무 달지요.'
직선으로 떨어지던 커다란 유성
눈앞에 화안하고
둥두렷한 보름달
39년 전 그녀와 정겨운 입맞춤
변함없이 환히 밝혀주고 있네요

빛

환희 작약하는 내 마음
'말씀' 옆에 두고
한두 자 정결한 마음으로 적어보네
교우 분들 생각하며
평화의 인사 경건하게 전해보네
"항상 기뻐하십시오.
끊임없이 기도하십시오.
모든 일에 감사하십시오."*
바오로 사도의 서간 읽으며
고요한 기쁨 속 서서히 젖어드네
정적 속 환희 작약하는 내 기쁨
빛살 퍼지듯 시나브로 퍼져가네

*1데살 5장 16-18

하나 됨

함께 앉은 강둑
갑자기 쏟아지는 장대비 장대비
한 우산 속 두 사람
진한 입맞춤 하나 되어
인기척 돌아보니 소 몰러 나온 아이
장대비 그치고 돌아 나오는 길
젖은 운동화 철벅 철벅
그때 그 모습 지금도 눈에 선하네

기초 공사 중

㈜민음사 간행 '세계문학전집'
6. 허클베리 핀의 모험
2018. 5. 13. 일 회 통독
152. 신곡 천국 편
2018. 7. 6. 일 회 통독
156. 카라마조프 가의 형제들 3
2018. 8. 3. 일 회 통독
329. 우리 동네 아이들
99권까지에서 한 권
199권까지에서 두 권
346권까지에서 한 권 인용했다
전부 통독이어서 맨 뒷장 간지 '일 회 통독'이라 쓰여 있다
문학 기초 다지기 공사 중
'우리 동네 아이들 1, 2' 다 읽고
밀란 쿤데라 쓴 '농담'까지 마저 읽었다

사울과 다윗

엔 게디 광야 굴 속에서
사울이 뒤를 볼 때
그 뒤에 다윗 무리 있어서
사울 죽일 수 있었지만
겉옷 자락만 몰래 잘라 사울 살려 주었네
하킬라 언덕 광야에
사울 진을 치고 깊이 잠들었을 때
다윗, 사울 죽일 수 있었지만
머리맡에 놓인 창과 물병만 들고 나왔었네
길보아 산에서 사울 필리스티아인 궁수들에게
심한 부상당한 후
자기 칼을 세우고 그 위에 엎어져 죽었네
훨씬 그 전 사무엘 선견자는
사울 대신 다윗에게 기름 부어
그를 새로운 임금으로 세웠고
다윗은 주님 말씀 따라
왼쪽으로도 오른쪽으로도 벗어나지 않고
한결같이 주님 따라 살아가네

다윗과 우리야

다윗 왕이 어느 날 밤 옥상을 거닐다
한 여인이 목욕하는 것을 봤는데 매우 아름다웠다
신하에게 그 여인이 누군지 알아보라 하자
신하가 우리야의 아내라 하자
그 여인을 불러 잠자리를 같이했다
그러고서 전쟁터에 나가있는 우리야를 불러
그를 몹시 취하게 한 뒤,
그의 상관에게 편지를 보냈는데, 우리야를 싸움이 가장 치열한
곳에 보내어
그만 남겨놓고 모두 퇴각하여 그를 죽게 만들었다 그러고서 바
세바를 궁중으로 불러
그의 아내로 삼았다 바세바는 임신하여 아들을 낳았으나
그 아이는 죽고 말자,
다윗이 다시 우리야의 아내와 잠자리를 같이 하니 아들을 낳아
그 이름을 솔로몬이라 했다
그러나 다윗이 한 짓이 주님의 눈에 거슬려
나탄이, '주님께서 네 집안에서는 칼부림이
영원히 그치지 않을 것이다 하고 말씀하셨다.'고
다윗을 꾸짖었다

4부

솔로몬의 판결

두 창녀가 한 아이를 두고
서로 자기 아이라 우기자
왕이 칼을 가져오게 하여
아이를 두 쪽으로 쪼개어라 하자
아이의 친모는 아이를 죽이지 말고 저 여자에게 건네주어라 했다
그러자 왕이 그 아이를 상대방 여자에게 주라한
그 여자에게 아이를 주어라 판결했다
아이의 친모는 아이가 죽게 될까 염려하여
모성애를 발휘하여 아이를 다른 여자에게 양보했던 것이다
이러한 점을 정확히 헤아린 솔로몬은
아이를 친모에게 주라고 명령했던 것이다

필라투스와 모리아

본시오 빌라도의 영혼,
구천을 떠돌다 내려앉은 산
필라투스
솔로몬 임금이 주님을 위하여
최초의 성전을 짓고
만남의 궤를 모신 산
모리아
주님, 필라투스를 선택하기보다
성별된 모리아와 최초의 성전을 기억하게 하소서
하여 주님의 계명과 규정과 율법을 성실히 따르며
언제 어디서나 당신 베푸시는 다함없는
사랑과 은총에 감사드리는 삶을
이웃 함께 누리게 하옵소서
우리 주 예수 그리스도를 통하여 비나이다, 아멘

너 없으니

장롱 세 칸 가득한 내 옷
주방 가득한 그릇류
냉장고 김치냉장고
에어컨 하나 세탁기 하나
침대 세 개
공부방 가득 찬 책과 책들
티비 두 대, 데스크탑 둘
노트북 하나, 카메라 셋
정리해둔 사진첩 대여섯
서른 개 넘는 디브이디
십자고상, 성모상 각종 성물들
멋진 승용차 한 대
마흔 아홉 평 아파트 한 채
동산 조금
모두 다 네 몫인데
물려받아야 할 너 없으니

우리 집 의식주 용품류

문화생활 용품류

너 없으니 이어받아야 할 너 없으니

장차 누구 몫이어련가

누구 몫이어련가

'빈손으로 왔다 빈손으로 가는 여정'에서

요시아의 종교 개혁*

그는 조상 다윗의 길을 걸어
오른쪽으로도 왼쪽으로도 벗어나지 않았다
바알과 해와 달과 별자리들과
하늘의 모든 군대에게 분향하던 자들을 내쫓고
아세라목상을 가루로 만들어
서민 공동묘지에 뿌리고
또 신전 남창들의 집들을 허물어 버렸다
그리고 게바에서 브에르 세바에 이르기까지
사제들이 향을 피우던 산당들을
부정한 곳으로 만들고
아무도 제 아들딸을
몰록에게 바치지 못하게 했으며
이스타롯, 크모스, 밀콤을 모시려고
세운 산당들을 부정한 곳으로 만들었으며

사마리아 성읍들에 만들어 놓은
모든 산당을 없애고
산당의 사제들을 모두 죽이고
유다와 예루살렘에서
점쟁이와 영매와 수호신들과 우상들을 치워버렸다
요시아처럼 마음을 다하고 힘을 다하여
주님께 돌아온 임금은
그 앞에도 없었고
그 뒤에도 다시 나오지 않았다

*2열왕 22장, 1-27 중에서

접시꽃과 놋쇠제기

'싸우지 말고 애 잘 키워라.' 하셨는데
명석한 녀석 놓쳐버리고
오늘도 가벼운 산책하며
'내 죽고 난 후 남겨야 한다.' 하시며
심어놓으신 접시꽃 예닐곱 그루
강풍 불고 폭염 내리쬐어도
어느새 피운 빨강 꽃잎
어제도 오늘도 변함없건만
살아생전 수많은 제사 모시고서도
딱 한 번 첫 제사 받으신 후
끊어진 제사 구 년여
놋쇠제기는 앞베란다 창고 속 놓여만 있고
심어 놓으신 접시꽃은 고운 자태로 피어있고
아들네, 사위네 베푸시는 음덕으로
적절히 바쁜 나날 살아가고 있네요
세상 끝 날까지 그저 베푸시는 다함없는 당신 사랑 속
당신의 고운 자태는 접시꽃으로 고즈넉하네

히즈키야의 종교 개혁*

온 이스라엘이 유다의 성읍들로 나가,
기념 기둥들을 부수고 아세라 목상들을 토막 내었으며,
온 유다와 벤야민과 에프라임과 므나쎄에서
산당들과 제단들을 무너뜨려
모조리 없애버렸다
그는 주 자기 하느님 앞에서
착하고 바르고 진실한 일을 하였다
그는 하느님의 집과 관련된 일이든,
율법이나 계명과 관련된 일이든,
자기가 시작한 모든 일에서 하느님을 찾으며
마음을 다하여 그 일을 수행하였다
히즈키야 임금과 이사야 예언자가
하느님께 기도하였다
그러자 주님께서 천사를 보내시어,
아시리아 임금의 진영에 있는
모든 용사와 지휘관과 장수를 쓸어버리게 하셨다
아시리아 임금이 제 나라로 돌아가 신의 신전에 들어가자,
친자식 몇이 그를 칼로 쳐서 쓰러뜨렸다

*2역대 31, 32장 1-33 중에서

광란의 밤

술 마시다 주방칼 손잡이로
아들 이마 가볍게 쳤다
신변에 위험 느낀 아들 112 신고 했다
당연하고 옳은 일이건만
경찰에 신고한 데 앙심 품고 있다가
내자와 아들 대구 가 있을 때
아들 물품 모조리 박살내었다
휴대폰 충전기 부순다고
한밤중 망치소리 심하게 내었더니
이웃에서 신고하여 경찰 두 명 달려왔는데
저항하다 완전 제압당했다
아들 책과 공책은 찢고
가방끈은 자르고
옷도 모조리 찢어
창밖으로 내던졌다

아들과 관련된 물품은 모조리 찢고 끊고 자르고 부수어
아파트 창밖으로 내던졌다
집에 도착한 아들
놀라서 병세 악화되어 조현병 발병했다
신변에 위험 느껴 경찰에 신고한 일
당연하고 옳은 일이었건만
앙심 품고 있다가
아들 미래 망쳐버린
미쳐 날뛴 광란의 밤이었다

유딧*

아시리아 대장군 홀로페르네스
유딧의 아름다움에 반해
많은 포도주 마시고서 깊은 잠에 떨어졌네
천막 안에 머물던 유딧
홀로페르네스의 칼 빼어들고
그의 목덜미 두 번 내리쳐
그의 목 잘라내어 시녀에게 주었네
여종은 그것을 자기의 음식 자루에 넣었고
유딧은 배툴리아로 돌아가
홀로페르네스의 목 꺼내
성읍 사람들에게 보인 뒤
그 목을 성가퀴에 걸어 놓으라 했네
공포와 전율에 사로잡힌 아시리아인들
한꺼번에 산길과 들길로 닥치는 대로 달아났네

이스라엘 자손들은 코바까지 쫓아가며
그들을 쳐 죽였고 온 백성들은 적의 진영을
서른 날 동안 노획하였네
유딧은 자기의 시녀에게
자유를 주기도 했고
그 뒤에 배툴리아에서 죽어
자기 남편
므나쎄의 동굴 묘지에 함께 묻혔네

*유딧 8장, 1-16에서

너에게 4

희미한 불빛 아래
'한국가곡집' 한 권 건네며
'헤어지자.' 했을 때
전혀 예상치 못했던 일
'시간 벌자.' '정리할 시간 벌자.'
속으로 되뇌며 받았던
'한국가곡집' 한 권
그 후 근무하느라 잊었는데
어느 날 우연히 동성로 지하도에서
만나 '결혼합시다.' 했더니 묵묵부답
결혼하고서 잊고 살았더랬는데
어느 날 걸려온 전화
창원 외삼촌댁에 왔다가 교생 이야기 중
내 이야기 나오기에
'전화한다.' 하였는데
들고 온 빨강 장미 서른 송이

네 두 아들과 우리 외아들은
거실에서 게임하느라 여념 없고
아파트 계단 멈춰 서서
'건강해야 또 만나지요.' 하더니만
먼저 먼 길 떠나고 말다니
어금니 깨물며 생각 가다듬네요

에스테르*

크세르크세스 임금은
인도에서 에티오피아까지
백이십칠 개 주를 다스리고 있었다 유다 사람 모르도카이는
삼촌의 딸 에스테르를 맡아 키우고 있었다 그 처녀는 모습이
아름답고 용모가 어여뻐서
왕비가 되었다 아각 사람 재상 하만이 임금의 허락을 얻어
모든 유다인들을 아다르 달 열 사흗날
한 날에 절멸시키려 했다
에스테르는 사흘 밤낮을 단식하고,
모르도카이는 유다인들을 구해주십사
하느님께 기도했다 에스테르는 임금을 위한 연회를 열면서
하만과 함께 오라 일렀다 그러고서 하만이 백이십칠 개 주에
사는
모든 유다인들을 절멸시키려는
장본인임을 밝혔다 모르도카이의 도움으로
목숨을 구한 적 있는 임금은
하만의 사악한 뜻을 알게 되자

그를 말뚝에 매달았다 그리고 하만이 유다인들을 절멸시키려
한 그날에
유다인들은 자기네들을 미워하는 자들
칠만 오천 명을 죽이고,
하만의 열 아들을 죽였다 에스테르는 임금의 총애를 누렸으며,
모르도카이는 재상이 되었다

*에스 2장 1절–10장 10절

너에게 6

화원유원지 들어가는 입구
구경하고 나오는 아는 남녀
반갑게 인사하고 들어가는 길
'상당히 건강한 시선으로 바라보네요.'
캄캄한 밤 흐르는 강물 따라
불어오는 강바람 쐬며
함께 하는 데이트 길
화원유원지 흐르는 강물처럼
자연스레 거닐었던 그날 그 순간
눈앞에 있는 듯 생생하건만
사대강 보 공사할 때
굵은 철선 아래 짓눌린 야생화 보며
아득히 굽이굽이 흐르는 강물
하염없이 보고 또 바라보았네
너 없이, 너 없이 혼자서 외로이

너에게 8

남편은 프랑스에서 귀국했는지
두 아들은 잘 자라는지
생활비는 넉넉한지
작품 활동은 여전히 하고 있는지
하고 있다면
어떤 화풍으로 어떤 명제 다루고 있는지
남편의 작품 세계는 어떠한지
남편은 가장으로서
충실히 가정 보살피며 이끌어 가는지
가정주부로서 성실히 생활하고 있는지
살아 있어야, 살아 있어야
물어볼 것 아니냐, 너에게

너에게 10

'나빌레라' 희미한 등불 아래
생맥주 마시며 이어졌던 개똥철학
나설 때 되면 탁자 아래로
건네주던 일만 원권 하나
여러 차례 캠퍼스 함께 돌던 어느 날
커다란 유성 하나 길게 줄 그으며
떨어지던 모습 같이 바라보며
캠퍼스 벗어나 목화밭길 걸으며
코스모스 속 네 모습 렌즈에 담으며
우리 젊은 시절
참 좋았다 싶네, 나 혼자 남았지만

근황 2

큰방에서 내자 환청에 응대하는 소리 들린다
약봉지 자르는 파란색 작은 가위 잃어버려
새 걸로 사놓았다
아래틀니 잃어버려 치과에 들러
임시틀니 맞추어 놓았다
손목시계 잃어버려 멈춰선
다른 손목시계에 건전지 갈아 넣어
시간 맞춰 건네주었다
열쇠뭉치 잃어버려
통로 현관문 카드 하나 구입하여
우리 집 현관문 카드 합하여
카드 둘 열쇠고리에 연결하여 주었다
환각에 응대하여 봄, 가을 이불
침대 매트리스 밖으로 흘러내린 걸
고기 뭉치라 하여
이불인데요 하며
걷어 올려놓았다
앞베란다 시멘트 길 걸으며
우리 집 새시 앞 웬 빨강 복주머닌가 했더니
별세하신 장모님 심어놓으신 빨강 접시꽃
어느 새 주렁주렁 달려 있었다

아리랑*을 읽고

일제강점기 하 잃어버린 40년 세월
치열하게 다룬 '아리랑' 읽으며
미스비시 펜으로 밑줄 그어 나간다
국산 펜 따를 펜 없으므로
미스비시 펜 사용하고 있지만
왜놈들, 친일파들
극악했던 행실들
생각하기조차 싫을 정도로 끔찍스러웠건만
사놓은 펜 썩힐 수 없어 핑계라면 핑계지만
읽어나가는 도중 시상 잡히면
미스비시 펜으로 초안 잡고 파카 펜으로 1차 퇴고 후
다시 읽으며 다듬어 작품으로 빚어낸다
작두로 독립투쟁한 사람들 목 잘라
커다란 포대 담아 가지고
이 마을 저 마을 다니며

전시했던 포악함의 극치
'잊지도 말고 용서하지도 말자' 되뇌며
송수익, 공허 스님, 보름이, 수국이 등
개성 있는 인물들 이름도 떠올려 본다
일제강점기 하 암흑의 세월 40년
'잊지도 말고 용서하지도 말자.' 다시 되뇌며

*조정래, 2019, (주)해냄

데이터 등 무제한

시원한 바람결에 가벼운 스트레칭
모바일 엘티이 베이직 요금제에서
바꿔 데이터, 통화, 문자메시지, 사진 찍기 등
모두 무제한으로 전환
고향친구 석구와 통화
마늘, 양파 농사 지었는데
가격 절반으로 떨어져 고생한 보람 없다며
언제 한번 시간 내어 고향 다녀가라 말하네
구 선생과 통화
사우나한다고 전화 받지 못했다며
미사참례 꾸준히 하고 체력도 길러라 하고
서 과장과 통화
자동차 문화 몰랐다며
아름다운 영혼 한결같이 가꿔나가야 한다 했네
모바일로 공부방에서 거실 놓인 집 일반전화 걸었더니

마누라 받기에
'사랑의 콜센타 시작했소?'
'에이… 찰카닥.'
모바일 엘티이 베이직에서
바꿔 월 이만여 원 더 내며 통화, 검색, 데이터, 문자메시지 등
모두 무제한으로 인터넷 바다 유영하네
불어오는 시원한 바람
들숨, 날숨 깊이 들이쉬고 내쉬며
목, 가슴, 팔, 다리
가벼운 스트레칭 몸 푸네

빨간 장미

푸른 숲 속
빠알간 미소 장미 한 송이
그 옆 고요한 빠알간 장미 또 한 송이
그 옆 고즈넉이 또 한 송이 빠알간 미소 한 송이
세 친구 정답게 어우러져
봐주는 이 없어도
안팎으로 타는 정념 도닥여 안으로 삭이며
어깨 나란히 정겨이 어우러지네
푸른 숲 속
고즈넉한 침묵으로 어울린
정다운 세 친구 빠알간 미소 셋

쇼핑

아이 쇼핑에서 쇼핑으로 바뀌어
여름옷
내자 윗도리와 팔부바지
한 벌 이십만 원
삼 개월 할부
내 티셔츠와 반바지
한 벌 구만 원
겸하여 여름 점퍼 하나
팔만 원
모두 이 개월 할부
후덥지근한 주일 오후
마누라 함께 들른 백화점 옷가게
마누라 새 옷 입고
나도 새 옷 입고
불어오가는 시원한 바람 쐬며
원앙 한 쌍으로
천천히 천천히 걸어왔네

견진성사

대부 한 잔 하고 미사참례한데다
견진명과 이름 적힌 천 명찰 말려들어
주교님 기다리시자
아나니아 주임신부님 천 명찰 바르게 펴주셔
견진 받았고
견진성사 교리 배우는 동안
비싼 양주 한 병 비워냈었네
견진 받으면 전사로서 복음 전파에 힘써야 하는데
농땡이 치며 신앙생활 근근이 겨우 유지하고 있네
구 루카 형제분으로부터 몇몇 성인들에 대한
이야기 들어 알고 있고
어느 날 노래방에 갔을 때
도우미 부르자 말자 왈가왈부할 때
힘차게 일어나 자리 박차고 나간
윤 바실리오 형제분 인상적이었네
견진성사 받은 평신도로서 미사참례 성실히 해야 하는데……

몸부림

담배 3개비 피우고
선풍기 바람 쐬고
초콜릿바 2개 먹고
딸기잼 바른 토스트
세 조각 먹고
30분 거리 나 홀로 산책 다녀왔고
이온 음료 두 잔 마셨다
수면제 한 알 먹었으나
잠 오지 않아
이리 뒤척 저리 뒤척이다
일어나 아침 식후 약 먹고
땀에 흠씬 젖은 속옷 새 걸로 갈아입고
형광등과 스탠드 이중조명 아래
감기는 눈 떠가며
한 작품 빚어낸다
왼쪽 손목에 찬 시곗줄 보며
왼손 네 번째 손가락에 찬 금반지 보며

'풍수지리설'* 을 읽고

일관 아닌 아버지가 자기 묏자리 봐두었는데
3정승 나올 자리라며
죽으면 그 자리에 묻어달라 하고 이승 하직했네
맏이 일관 데려다 그 자리 봤더니
3정승 나오는 다른 자리도 있으니
그 자리 권하며 침묵했네
두 번째 데려온 일관
첫 번째 일관과 같은 의견
그러고서 아버지 정한 자리 묘 쓰면
3정승은 나오나
삼우제 후 맏이 죽고
1년 뒤 둘째 죽고
2년 뒤 셋째 죽은 후 3정승 나오는 자리니 피하고
3정승 나오는 다른 묏자리 권했으나
아들 셋은 아버지 유언 지키려고
아버지 봐둔 묏자리에 아버지 모셨네
삼우제 지낸 후 맏이 죽고
1년 후 둘째 죽고
셋째만 남았는데

어느 날 산속 허름한 집에서 자게 되었는데
한 여인 만나 잠자리 같이 했네
그러고서 셋째는 스님 만나 따라가
불도 수련에 전념하길 어언 40년
살던 집, 식구들 그리워
고향 찾게 되었는데
산 중에서 맺은 하룻밤 인연
세쌍둥이 임신하여
아들 셋 나아
3정승 되어 있었네
2년 후 셋째 살아있게 된 사연인즉
불도를 깊이 믿었기 때문이네

*'월간문학'에서 인용

'방드르디'* 무릉도원

어느 날 원시림 깊이 들어가
햇빛이 찬란히 빛나는 곳에 도착한다
거기 주변은 신비로운 햇살에 의하여
환하게 빛나고 있었는데
쓰러져 누워있는 나무둥치 하나
갈라진 곳이 여성 거시기 꼭 닮아
로빈슨 거기에 엎어져 들락날락거리다
내려와서 나무둥치 주변 둘러봤더니
그 나무둥치 주변에
수많은 앳된 새싹들이
뾰족뾰족 머릴 내밀고
그곳은 한결 따뜻한 곳으로 바뀌었다
평상시 생활하는 동굴로 돌아와
대엿새 지난 어느 날 로빈슨
다시 원시림 깊숙이 자리 잡은 그곳에 가봤더니

나무둥치 주변

수많은 새싹들 싱그러이 자랐고

한결 든든해보여

그 중 한 포기 뽑아봤더니

뿌리 꼭 사람 두 발처럼 싱싱해서

조심스레 본래 자리 심어두고

되돌아와

무인도에 홀로 세운 인간 문명체계 지키며

구원의 손길 준비해 놓고서 꾸준히 살아간다

*미셸 투르니에, 방드르디 혹은 태평양의 끝, 1984, 중앙일보사, 한 세트
 30권 중 권 6

출가외인?*

부모님 별세하고 오빠 손잡고 웨딩마치 올릴 때
정성스레 걸어들어가
신랑에게 누이 넘겨준 후
팔년 후 온 뜰 맨드라미 키 웃자랐을 때
첫째 딸 손잡고 둘째 딸 업고서
가을비 후줄그레 젖어서 들어선 누이동생
집 안 들이지 않고 출가외인이니
'죽어도 네 남편 집안 사람이니 돌아가거라.'
돌려보내고 흐르는 눈물 닦았는데
이년 뒤 두 딸 집에 두고
홀로 맨드라미 꽃밭에 쓰러지고 말았네
깨어나자 '내 김서방 만나서 잘 얘기할 터이니 몸조리 잘 하거
라.' 일렀네
김 서방네 집 안 파지 여기저기 나뒹굴고 가득 쌓인 쓰레기, 웬
술병은 그리 많은지
하루 종일 술독에 빠져 지내니
아무리 좋은 말인들 '쇠귀에 경 읽기라.'
해나가야 할 집안일들 뒷전이고
'니나노 닐리리야 닐리리야 니나노……'

무너져가는 방 한 칸 나올 적에
깊은 한숨 절로 나왔네
집에 돌아와 '그래도 남편인데 같이 살길 찾아 보거라.'
돌아가는 쓸쓸한 뒷모습 애처로웠는데
폭설내린 어느 겨울에 눈 치우려 나왔다
맨드라미 뜰에 쓰러진 누이 보고
가슴 치며 후회해도 이미 엎질러진 물 되었네

*'월간문학'에서

담배

'나는 자연인이다'에 나오는 70된 노인 한 사람
서른쯤부터 33년 동안
하루에 담배 3갑씩 피워서
병원 갔더니 '살 날 3개월 남았다'는 선고 받고
모두 다 버리고 산으로 들어갔네
처음에는 10미터도 못 걸었는데
천식과 폐에 좋은 갖가지 나무와 약초 먹으며
하루 한 걸음씩 걷는 거리 늘여갔더니
어느 날 50미터 어느 날 100미터 걷고 해서 7년 지나니
해발 1,500미터 산 속 거뜬히 오르내리게 되었네
물론 담배는 7년 전에 끊었고
위 이야기 남의 일 같지 않음은
15~6년 전부터 하루에 한 갑씩 피워온 나도
누런 가래 나오고 조금만 걸어도 힘에 겹기 때문이네
윗사람 타산지석 삼아
하루 피우는 담배 개비 수 서서히 줄여 끊고
산책은 조금씩 늘여서 외통수 몰리는 일 없도록 해야겠네

거시기

거시기 안 한 지 6년여
이젠 마누라 아예 바라지도 않고
나 또한 아쉬움 없이 박살내고
내자는 과부 아닌 과부로
나는 홀아비 아닌 홀아비로
살아가도
서로 이심전심으로
잘 지내고 있으니
이 또한 당신 베푸시는 사랑과 은총
고기는 씹어야 맛이고
마누라는 안아야 맛이란
말도 있지만
두 사람 건강 회복 위하여
한 페이지 가볍게 넘겨버리고
나날이 즐겁고 보람 있게 지내네
음식에 관한 식탐 다스리며
오늘도 지구촌 이웃들과 어우러져 살아가는 나날
거시기 뭐시기 아내와 안한 지 6년여
오늘도 이심전심으로 최선 다해 행복하게 살아가네

고통과 무지개

1
간밤에 겪은 고통일랑 생략하고
일어나니 가뿐한 몸과 마음
박태기 꽃 바알갛게 피었는데
모란 새 움도 길게 돋아나고
이름 모를 작은 푸른 꽃들 일제히 함성 지르고
산수유 고요히 미소 지으며
서서히 생명의 봄은 오고 있는데
불면으로 겪은 고통일랑 생략하네

2

담배 10갑 쌓던 이면지에
비갠 뒤 무지개 돋듯
베푸시는 은총과 사랑에 감사드리며
여가 선용의 어려움 새삼 생각하네
남의 비밀 알았을 때
말하지 않는 게 가장 어렵고
용서하는 게 그 다음 어렵고
여가 선용하는 게 세 번째 어렵다 하신 말씀
여가 선용하여 한 작품 빚어내어
그리운 벗에게 배롱나무 정결한 가지에 실어
고요한 침묵으로 띄워 보내네

봄비 4
조찬구 지음

발 행 처 · 도서출판 청어
발 행 인 · 이영철
영   업 · 이동호
홍   보 · 천성래
기   획 · 남기환
편   집 · 방세화
디 자 인 · 이수빈 | 김영은
제작이사 · 공병한
인   쇄 · 두리터

등   록 · 1999년 5월 3일
(제1999-000063호)

1판 1쇄 발행 · 2020년 9월 10일

주소 · 서울특별시 서초구 남부순환로 364길 8-15 동일빌딩 2층
대표전화 · 02-586-0477
팩시밀리 · 0303-0942-0478

홈페이지 · www.chungeobook.com
E-mail · ppi20@hanmail.net
ISBN · 979-11-5860-883-5(03810)

이 도서의 국립중앙도서관 출판시도서목록(CIP)은 서지정보유통지원시스템 홈페이지
(http://seoji.nl.go.kr)와 국가자료공동 목록시스템(http://www.nl.go.kr/kolisnet)
에서 이용하실 수 있습니다.(CIP제어번호: CIP2020036224)